기획·글 곽영미

성균관대학교 박사 과정에서 아동 문학 · 미디어 교육을 공부했으며, 아이들을 가르치고 있어요.
그림책을 만드는 일과 반려견 미소와 함께 산책하는 일을 좋아해요. 지은 책으로《스스로 가족》,《코끼리 서커스》,
《초원을 달리는 수피아》,《옥수수 할아버지》,《어마어마한 여덟 살의 비밀》,《두 섬 이야기》등이 있습니다.

그림 박선희

건국대학교 회화과를 졸업했고, 국민대학교 디자인 대학원 일러스트레이션과 과정을 수료했습니다.
초등학교 때부터 쉬지 않고 그림을 그리며 그림책 작가의 꿈을 키워 왔습니다.
많은 작품 활동과 전시를 했지만 매번 그림책의 그림을 그릴 때에는 그 앞에서 새롭고 설렙니다.
그린 책으로는《파브르와 한영식의 곤충이야기》,《규칙이 왜 필요할까요?》,《털》,《세계명작동화》,《비밀의 화원》등이 있습니다.

도서관에서 만난 해리

발행일 2016년 4월 19일

기획·글 곽영미 | 그림 박선희
펴낸이 김경미
편집 김유민
디자인 이둘잎
펴낸곳 숨쉬는책공장
종이 영은페이퍼(주)
인쇄&제본 ㈜상지사P&B

등록번호 제2014-000031호
주소 서울시 마포구 잔다리로 61 402호, 121-894
전화 070-8833-3170 팩스 02-3144-3109
전자우편 sumbook2014@gmail.com

ISBN 979-11-86452-11-0 04800

잘못된 책은 구입한 서점에서 바꿔 드립니다.
이 도서의 국립중앙도서관 출판시도서목록(CIP)은 서지정보유통지원시스템 홈페이지(http://seoji.nl.go.kr)와
국가자료공동목록시스템(http://www.nl.go.kr/kolisnet)에서 이용하실 수 있습니다.(CIP제어번호: CIP2016008862)

* 이 책이 나올 수 있도록 도움을 주신 권영희 사서님과 암사도서관 관장님 그리고 직원분들께 감사드립니다.

숨쉬는책공장 너른아이 시리즈는 가려져 잘 보이지 않는 세상 이야기를 구석구석 들춰 살펴봄으로써,
아이들이 스스로 넓은 시각을 가질 수 있도록 돕는 그림책 시리즈입니다.

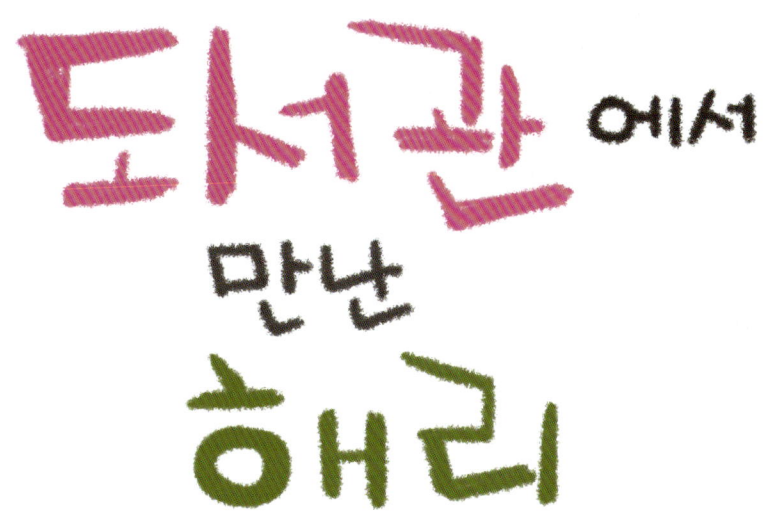

도서관 에서 만난 해리

기획·글 곽영미 | 그림 박선희

숨쉬는
책공장

밤이 깊었지만 아저씨는 돌아오지 않았어.
가을까지만 해도 아저씨는 사나흘에 한 번씩은 생선을 물어 왔지.
하지만 이젠 생선가게에 자주 들르지 못 해.
생선가게 아주머니가 던진 몽둥이에 맞아 등뼈를 다쳤거든.
더군다나 추워지니 먹잇감을 찾기가 더 어려워졌어.

"우리도 먹이를 찾으러 다니면 좋겠어."
야옹이가 창문 위로 훌쩍 뛰어올랐어.
"어딜 가려고? 어서 내려와."
흰둥이는 놀라 몸을 일으켰어.
"나도 멀리 가 보고 싶단 말이야.
밤에 돌아다니고 싶어."

"어리석은 놈!"
어느새 아저씨가 돌아왔어.
"세상이 얼마나 무서운 줄 알아?
사람들이 우릴 잡으려고 먹이에 약을 탄다고 얘기했지?"
아저씨는 새끼 고양이들이 죽던 날이 떠올라
몸을 부들부들 떨었어.

"쌩쌩 달리는 자동차에 부딪히기라도 하면⋯⋯."
흰둥이는 걱정스런 눈으로 야옹이를 바라보았어.
야옹이는 자동차 사고로 엄마를 잃었거든.
야옹이는 발톱으로 바닥만 긁어 댔어.

야옹이는 찬 기운에 몸을 으스스 떨었어.
하늘에선 함박눈이 펑펑 쏟아져.

야옹이는 고개를 들고 눈을 보았어.
태어나서 처음 본 눈이야.
어디선가 음악 소리가 들려오는 듯했어.

야옹이는 춤추듯 골목길을 내달렸어.

음악과 함께 읽어요!
▶ 에밀 발트토이펠의 〈스케이팅 왈츠〉
▶ 드뷔시의 〈춤추는 눈송이〉

낮은 담과 나무 위를 폴짝 잘도 뛰어다녔지.

얼마나 달렸는지 몰라.
야옹이는 아저씨가 깨기 전에
집으로 돌아가야겠다고 생각했어.

그때 어디선가
맛있는 냄새가 풍겨 왔어.

건물 앞에는 먹이 그릇이 놓여 있었어.
야옹이는 재빨리 그곳으로 다가갔지.
입을 벌려 먹으려는데 사람 발소리가 들렸어.
야옹이는 덜컥 겁이 나 내달렸어.
무슨 소리가 들렸지만
뒤돌아보지 않고 왔던 길로 되돌아갔어.

"오늘 밤에 다시 가 볼 거야."
야옹이 말에 흰둥이가 겁에 질려 말했어.
"안 돼! 사람들이 먹이에 약을 탔으면 어쩌려고!"
야옹이는 앞발로 눈을 휘저었어.
신나게 놀고 싶은데 배가 고파서 견딜 수가 없었기 때문이야.
게다가 아침에 보았던 먹이가 눈앞에 자꾸만 아른거렸어.

늦은 저녁, 아저씨가 나가자마자 야옹이는 건물 앞으로 달려갔어.
다행히 먹이는 그대로였지.
야옹이는 조금 망설이다가 눈을 질끈 감고 먹이를 한입 삼켰어.
먹이는 차가웠지만 아무렇지 않았어.
야옹이는 곧 허겁지겁 먹어 댔어.

그리고 차가운 물을 한 모금 마시고는
박스 안으로 들어갔어.

그곳에는 푹신한 이불이 두 개나 깔려 있었어.
"아, 따듯해!"
야옹이는 부드러운 이불 속으로 몸을 집어넣고 털을 부드럽게 비볐어.
"흰둥이도 함께 왔으면 좋았을 텐데. 이제 돌아가야 하는데……."
눈꺼풀이 무겁게 내려앉았어.

"엄마, 엄마!"
"이리 온 아가야! 높이 뛰어오르렴!"
"너무 힘들어요. 높이 뛸 수 없어요."
"아니야, 할 수 있어. 넌 할 수 있어."
엄마는 야옹이의 목을 부드럽게 감싸 주었어.
야옹이는 폴짝 뛰어올랐어.
높이 높이, 하늘에 닿을 것처럼.
처음으로 그렇게 높이 뛰어올랐어.

▶ 영국의 민요 〈그린 슬리브즈〉
▶ 김태윤 작사, 김진훈 작곡 〈엄마의 나무〉

음악과 함께 읽어요!

"안녕, 또 만났네."
야옹이는 화들짝 놀라 몸을 곤두세웠어.
그 사람은 야옹이 털을 부드럽게 쓰다듬었어.
야옹이는 가느다란 앓는 소리를 내며 발톱으로 박스를 긁었어.

"나가고 싶구나!"
그 사람은 야옹이가 무슨 말을 하는지 금방 알아챘어.
곧 자리에서 일어나 비켜섰지.
야옹이는 눈치를 보며 밖으로 나왔어. 그러고는 쏜살같이 달렸어.
그 사람이 불렀지만 쳐다보지 않고 말이야.

흰둥이가 조심스레 야옹이 얼굴을 힐끔거렸어.
"아저씨는 널 위해서 그러는 거야."
아저씨는 화가 나 야옹이 얼굴에 생채기를 냈어.
그러고는 밖으로 나가 돌아오지 않았지.

"모든 사람들이 우리를 잡아 죽이지 않아.
어젯밤 그들이 준 먹이를 먹었지만 난 죽지 않았어."
"그래서 넌 계속 그곳에 가겠다는 거야?
그 사람들이 주는 먹이를 계속 먹겠다고?"
야옹이는 대꾸하지 않고 잠자코 있었어.
하지만 머릿속은 못다 한 말들로 터질 것만 같았어.

대낮인데도 야옹이는 먹이가 있는 건물 앞으로 나섰어.
오늘은 먹이를 조금 가지고 와서 흰둥이에게 나눠 줄 생각이야.
그럼 다음번에는 흰둥이도 따라나설지 몰라.
"야, 저기 도둑고양이다!"

음악과 함께 읽어요!

▸ 비발디의 〈사계〉 중 겨울 1악장

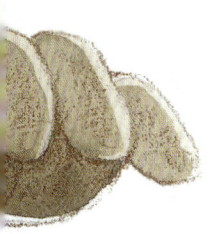

아이 둘이 큰 소리로 외치며 야옹이 곁으로 다가왔어.
야옹이는 좀 더 빠르게 움직였어.
그러자 아이들이 뛰기 시작했어. 놀란 야옹이도 서둘러 달렸어.

"도둑고양이가 도망친다!"
그때, '퍽' 소리와 함께 야옹이의 뒷다리에
쇳덩이가 꽂히는 것 같았어.
야옹이는 끊어질 듯 아픈 뒷다리를 끌고
먹이가 있는 건물 앞으로 힘껏 달렸어.

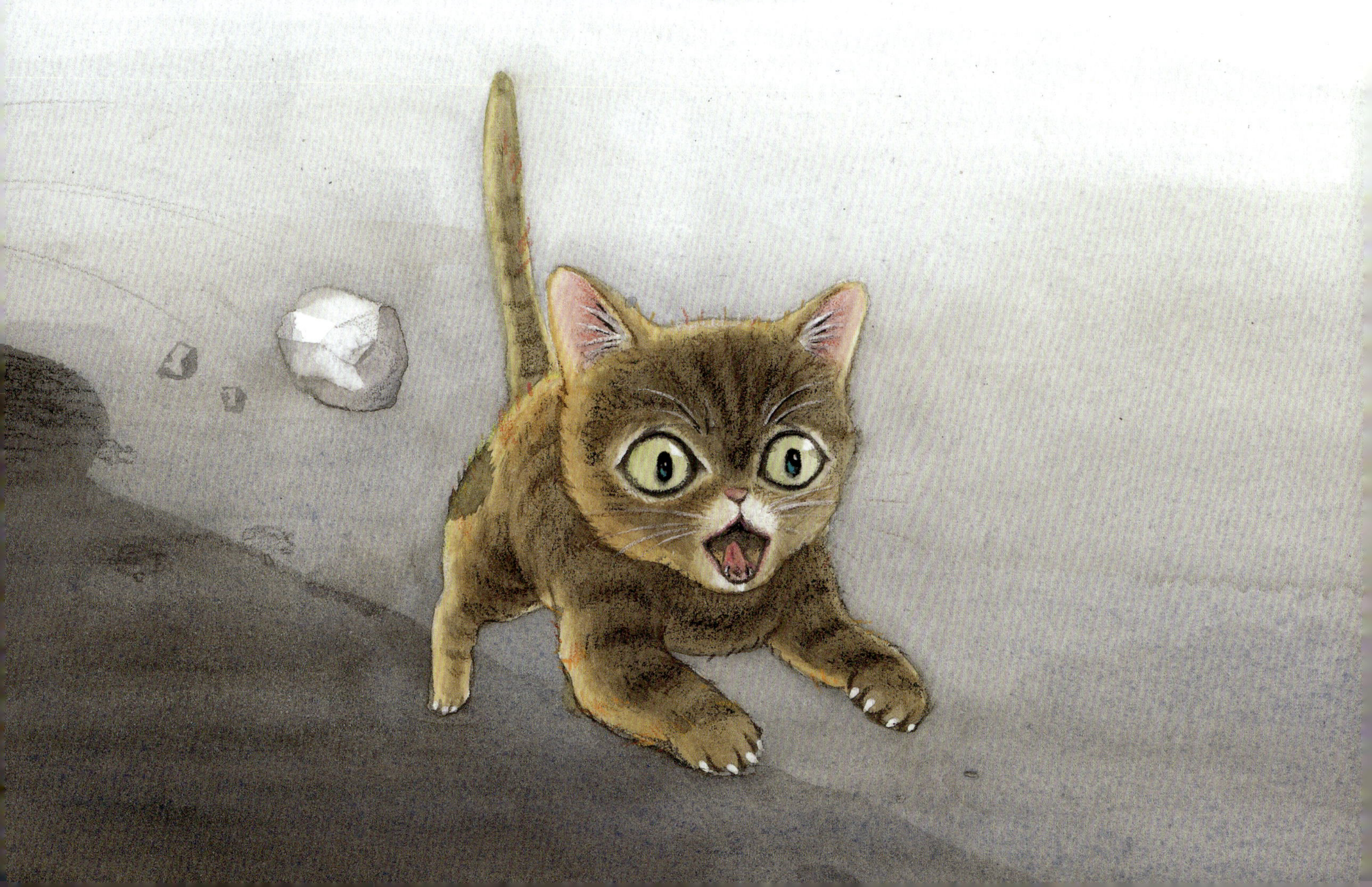

여기는 도서관이야.
그 사람들은 도서관에서 일하는 사서 선생님들이었어.
만약 그날 도서관 사서 선생님들을 만나지 못했다면 어떻게 되었을까……?
야옹이는 그날이 떠올라 몸서리쳤어.

야옹이는 창문 너머로 골목길을 바라보았어.
밖은 꽃샘추위로 바람이 세차게 불어 댔어.

'흰둥이는 잘 있을까……?'

야옹이는 믿을 수 없는 광경에 몸을 곧추세웠어.

"흰둥아! 흰둥아!"

야옹이는 무너진 집 위를 빙빙 돌면서 날카롭게 울어 댔어.

조금 뒤, 나무 틈에서 흰둥이가 목을 빼며 밖으로 나왔어.

"흰둥아!"

야옹이와 흰둥이는 서로 목을 비비며 울부짖었어.

해리!

이건 사람들이 나에게 붙여 준 새로운 이름이야.

해리는 책 속에 나오는 아이래. 나처럼 용감하고 모험을 좋아한대.

하지만 새로운 모험은 언제나 두려워.

그럴 땐 겁내지 말고 한 걸음씩 앞으로 나아가는 거야.

우리가 만났던 것처럼 말이야.

▶ 모차르트의 〈작은 별 주제에 의한 변주곡〉
▶ 에밀 발트토이펠의 〈고양이 춤〉

음악과 함께 읽어요!

내 새로운 이름을 불러 줄래?
안녕, 해리!

그림과 어울리는 음악을 떠올리고
음악과 함께 그림을 감상해 보세요♪

11쪽

추천 음악

〈스케이팅 왈츠〉
에밀 발트토이펠, 프랑스 작곡가이자 피아니스트

〈춤추는 눈송이〉 드뷔시, 프랑스 작곡가

이른 새벽, 야옹이가 눈을 맞으며 신나게 스케이트를 탈 것 같지 않나요? 스케이트 타는 야옹이를 머릿속으로 그려 보아요. 에밀 발트토이펠이 만든 경쾌한 왈츠 풍의 〈스케이팅 왈츠〉를 듣고 있으면 어깨가 저절로 들썩여진답니다.

야옹이는 태어나서 처음 눈을 보았어요. 그래서 눈을 만져도 보고, 차가움에 놀라 발을 웅크리기도 하지요. 피아노로 연주된 드뷔시의 〈춤추는 눈송이〉는 선율이 아름답지만 두려운 느낌이 들기도 해요. 모험을 떠나는 야옹이 마음처럼 말이에요. 모험을 떠나는 야옹이의 마음을 느끼며 음악을 들어 보아요.

19쪽

추천 음악

〈그린 슬리브즈〉 영국의 민요
〈엄마의 나무〉 김태윤 작사, 김진훈 작곡

〈그린 슬리브즈〉는 헨리 8세가 사랑하는 아내를 위해 만들었다고 전해져요. 그래선지 잔잔하고 아름다운 선율에 사랑이 듬뿍 담겨진 게 느껴진답니다. 엄마와 야옹이가 사랑하는 마음처럼 말이에요. 피아노, 하프, 우쿨렐라, 기타 등 다양한 악기로 연주된 곡들을 들어 보세요. 다른 추천 음악으로는 김태윤 작사, 김진훈 작곡인 동요 〈엄마의 나무〉예요. 이 노래의 가사는 야옹이를 떠올리게 해요.

25쪽

25쪽

아이들에게 쫓기어 다급한 야옹이의 마음이 끊어질 듯 빠르게 연주되는 〈겨울 1악장〉의 바이올린 소리와 잘 어울린답니다. 휘몰아치는 바람이 나뭇가지를 흔들고, 두려움에 동동거리는 야옹이의 모습이 보이는 것 같지요.

추천 음악

〈사계〉 중 겨울 1악장
비발디, 이탈리아 작곡가이자 바이올리니스트

33쪽

'반짝반짝 작은별 아름답게 비추네~'
모두 이 노래를 알고 있지요? 이 노래, 〈작은 별 주제에 의한 변주곡〉은 모차르트가 프랑스 민요에 변주를 붙여 만든 것이랍니다. 명랑하고 경쾌한 피아노 소리를 신나게 노는 흰둥이와 야옹이와 함께 그려 보세요. 다른 추천 음악으로는 누가 지었는지 알 수 없는 〈고양이 춤〉이에요. 밝고 통통 튀는 음악은 제목처럼 고양이를 춤추게 할 것 같지요.

추천 음악

〈작은 별 주제에 의한 변주곡〉
모차르트, 오스트리아 작곡가

〈고양이 춤〉 작곡가 알려지지 않음

내 이름은 해리!!

암사도서관과 해리, 그들의 우정은 이렇게 시작되었어요!

해리는 2014년 초겨울, 암사도서관 화단에 머물던 3~4개월 된 새끼 고양이였어요.

암사도서관이 있는 강동구에서는 길고양이 급식소를 세워서 길고양이에게 먹이와 잠자리를 제공하며, 중성화 수술을 해 도시 속에서 동물과 인간이 함께 살아갈 수 있도록 노력하고 있어요.

암사도서관에서는 고양이의 주인을 찾는 안내문을 붙이고 주인을 찾았지만 주인이 나타나지 않자 고양이를 키우게 되었어요. 이름을 해리라고 지어 주고요. 붙임성이 좋았던 해리는 도서관 사서 선생님들과 금방 친해졌고, 선생님들은 해리의 먹이뿐만 아니라 눈곱 떼 주기, 목욕시키기, 병원 다녀오기 등을 하며 해리를 돌봐 주었답니다. 사서 선생님들은 해리를 통해 길고양이뿐만 아니라 유기동물에 관심을 가지게 되었어요. 이런 관심과 애정은 도서관을 이용하는 학생들과 어른들에게도 널리 퍼져 갔답니다.

암사도서관은 도서관이 책만 보는 공간이 아니라 생명의 소중함을 배우며,
사람과 동물이 함께 살아가야 한다는 것을 알려 주는 곳으로 변했어요.
도시 속 인간과 동물의 공존과 공생을 실천하면서 공공도서관의 역할을
톡톡히 해내고 있지요. 동네 사람들 누구나 부르면 다가오는 해리,
이제 해리는 암사도서관의 마스코트가 되었고, 암사도서관을 찾는
모든 사람들의 소중한 고양이가 되었답니다.

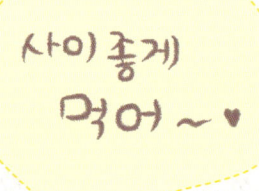
사이좋게 먹어~♥

맛있다 냥♥

얘가 내거 먹어

동네 귀염둥이로 변신한 해리! 좀 더 알아보아요!

❶ 해리? 무슨 뜻이지? 야옹이의 새로운 이름 탄생!!

해리는 바로 책과 영화의 주인공이었던 마법사 소년 해리 포터와 같은 이름이랍니다. 소심했던 아이에서 용감한 마법사로 변신한 해리 포터처럼 길고양이 해리도 모험을 즐기면서 야생 고양이의 삶을 포기하지 않고 사람들과 행복하게 살아가길 바라는 마음에서 지었다고 해요.

❷ 이름뿐만 아니라 캐릭커쳐까지!

2015년 4월 드디어 많은 작품들 중에서 해리의 캐릭커쳐가 결정되었어요.

어때요? 해리랑 많이 닮았죠? 달덩이 같이 환한 얼굴이며, 친근한 뱃살까지 꼭 닮았어요. 아, 그런데 해리가 날씬해졌어요. 그래서 친근한 뱃살은 쏙 들어갔답니다.

❸ 해리의 캣트리(cat tree)가 생겼어요!

높은 곳을 좋아하는 고양이가 마음껏 오르내리며 놀이와 운동을 함께할 수 있는 나무 놀이터랍니다. 해리의 캣트리는 2015년 7월 11일 암사도서관에서 벼룩시장을 열어 발생한 수익금 전액으로 마련되었어요. 지역 사회 주민들은 해리의 캣트리를 위해 아낌없이 많은 물건들을 사 주었지요. 드디어 2015년 8월 드디어 해리와 고양이들의 캣트리가 도착했어요!

❹ 요즘 해리는……

2016년 1월 안타깝게도 해리가 사고를 당해 많이 다쳤어요. 다행히 사서 선생님들과 함께 응급실을 찾아 많이 회복될 수 있었어요. 그런데 그 후 해리가 보이지 않고 있어요. 해리는 또다시 모험을 떠난 걸까요? 아쉽게도 해리는 없지만 암사도서관에는 여전히 많은 고양이들이 찾아들고 있답니다.